ESTAMPES

Anciennes

❦

Lundi 30 Mars 1908

❦

CATALOGUE

D'ESTAMPES

Anciennes du XVIIIe Siècle

DES ÉCOLES FRANÇAISE & ANGLAISE

PAR OU D'APRÈS

BAUDOUIN, BONNET, BOREL,
BOUCHER, CARESME,
CHARDIN, DEBUCOURT, DEMARTEAU, FRAGONARD,
GAINSBOROUGH, JANINET, LAVREINCE,
NORTHCOTE, J. REYNOLDS, SAINT-AUBIN, TAUNAY,
WATTEAU, etc.

PORTRAITS DE MARIE-ANTOINETTE

Dont la Vente aux Enchères publiques aura lieu

HOTEL DROUOT, SALLE N° 9

Le 30 Mars 1908, à deux heures

Commissaire-Priseur :	*Experts :*
Me André DESVOUGES	**MM. A. GEOFFROY Frères**
Succ. de Me M. DELESTRE	Marchands d'Estampes
26, Rue de la Grange-Batelière, 26	5, Rue Blanche, 5

PARIS 1908

CONDITIONS DE LA VENTE

Elle sera faite au comptant.

Les acquéreurs paieront *dix pour cent* en sus des enchères.

L'Expert se réserve la faculté de rassembler ou de diviser les lots, et remplira, aux conditions d'usage, les commissions que voudront bien lui confier MM. les Amateurs.

La Collection sera visible chez MM. A. Geoffroy Frères, 5, Rue Blanche, du 23 au 28 Mars, de 2 heures à 6 heures.

DÉSIGNATION

ANONYME

1. — Cecilia Evrard. — Sophronia. Deux pièces in-4, ovales.

Très belles épreuves imprimées en couleurs, à toutes marges. Encadrées.

2. — Portrait d'une jeune femme, dirigé vers la gauche, la tête couverte d'un voile. Ovale in-4.

Très belle épreuve avant toutes lettres, à toutes marges, non ébarbées.

BARTOLOZZI (Fr.)

3. — Femmes couchées et amours. Deux pendants dessinés et gravés par l'artiste. *London, Publ. 1er janv. 1792, by Mme Bovi.* In-4 en largeur.

Très belles épreuves à la sanguine. Marges.

BAUDOUIN (d'après P. A.)

4. — Les Amants surpris. Gravé par P. P. Choffard, 1767. (E. B. 3.). In-fol.

Très belle épreuve. Marges. Cadre ancien en baguette dorée.

5. — Les Cerises. Gravé par Ponce (E. B. 13). In-fol.

Bonne épreuve du tirage de Marel. Petites marges. Cassures.

BÉRICOURT (d'après È.)

6. — Le Point d'Honneur. Gravé par G. Orrebow. In-4 en largeur.

Très belle épreuve imprimée en couleurs. Sans marges. Encadrée.

BERTHAULT

7. — Le Marchand de Ptisane. D'après P. A Wille. *A Paris, chez le citoyen Jean.* In-4.

Superbe épreuve imprimée en couleurs. Marges.

8. — Le Marchand de Chansons. D'après P. A. Wille. *A Paris, chez le citoyen Jean.* In-4.

Très belle épreuve imprimée en couleurs. Marges.

BLIGNY (A Paris chez)

9. — Le galant Espagnol. Ovale in-4.

Très belle épreuve imprimée en couleurs, d'un procédé qui fut ensuite abandonné. Marges.

BOILLY (d'après L.)

10. — Le Sommeil trompeur. Gravé par F. J. Wolff. In-fol.

Très belle épreuve avec la première adresse. Grandes marges. Morceau de marge enlevé sur le côté droit.

11. — L'Optique. Réduction anonyme gravée au pointillé. *A Paris, rue des Noyers, n° 15.* In-4.

Très belle épreuve. Toutes marges. Rare.

BONNET (L. M.)

12. — Tête de Femme de chambre Finoise. — Tête de Laitière Moscovite. Deux pièces, d'après J. B. Le Prince. In-4.

Très belles épreuves imprimées dans la manière du crayon, en noir, avec rehauts de blanc. Marges.

13. — Portrait de Mlle *Carle Vanloo*, d'après le dessin de son père. In-fol.

Très belle épreuve à la sanguine. Marges. Cadre doré ancien.

14. — Jeannette, d'après Huet. — Têtes de femmes. — Amours. D'après Eisen, Pierre, etc. Sept pièces.

Belles épreuves gravées à la manière du crayon et imprimées à la sanguine.

BOREL (d'après Ant.)

15. — Le Bain interrompu. — La Circassienne à l'encan. Deux pièces faisant pendants, gravées par J. A. Léveillé. In-4 en largeur.

Très belles épreuves imprimées en couleurs. Marges.

16. — J'y passerai. Gravé par R. De Launay. In-fol.

Très belle épreuve. Petites marges. Encadrée.

BOUCHER (d'après Fr.)

17. — La Bouquetière. Gravé par Lucien.

Très belle épreuve de cette jolie pièce, imprimée à la sanguine. Grandes marges.

18. — Tête de jeune fille avec fleurs dans les cheveux. — Tête de femme, les cheveux attachés avec un ruban. Deux pièces gravées par Petit. In-fol.

Très belles épreuves à la sanguine. Marges.

19. — Vénus couchée et Amours. Gravé par Petit. In-fol. en largeur.

Très belle épreuve à la sanguine. Marges.

20. — Femme nue couchée sur une draperie. Gravé par Petit. In-4.

Très belle épreuve à la sanguine.

21. — La Fille à l'Oyseau. Gravé par Huquier fils. In-fol.

Très belle épreuve. Grandes marges.

22. — Les Grâces. Gravé à l'aquatinte, en imitation du dessin, par F. C. Charpentier (de Blois). Le Bl. 3. Petit in-fol.

Belle épreuve.

23. — Tête de femme, par Bonnet. — Groupe d'enfants, par Huquier ? — Etudes de Têtes. Quatre pièces.

Belles épreuves en noir ou à la sanguine. Marges.

BRICEAU

24. — Paysan portant des petits enfants dans une hotte. D'après Delorge. In-4.

Très belle épreuve à la sanguine. Marges.

CARESME (d'après Ph.)

25. — Vénus au bain. — Vénus sortie du bain. Deux pièces en médaillons faisant pendants, gravées par J.-A. Leveillé, 1779. *A Paris, chez Bonnet.* Petit in-4.

Superbes épreuves imprimées en couleurs, le nom du graveur tracé à la pointe. Marges. Rares.

26. — Les Amants satisfaits. Gravé par Phélipeaux. In-4.

Superbe épreuve imprimée en couleurs, à toutes marges non ébarbées.

27. — Saladin donne le mouchoir à la belle Mirza. — La belle Mirza pince de la harpe devant Saladin. Deux pièces ovales faisant pendants, gravées par Boullay. In-8.

Belles épreuves imprimées en couleurs. Sans marges, sauf le titre du bas.

CHAILLOU (A Paris, chez)

28. — L'Amant pressant. Médaillon in-4.

Très belle épreuve tirée en bistre. Grandes marges.

29. — Le Billet rendu. Médaillon in-4.

Très belle épreuve avant toutes lettres, tirée en sanguine. Grandes marges.

30. — L'Instant passé. Médaillon in-4.

Très belle épreuve imprimée en couleurs. Petites marges.

31. — La Curieuse apperçue. Médaillon in-4.

Très belle épreuve. Grandes marges.

32. — La Fille engageante. — Le Moment dangereux. Médaillons in-4. Deux pièces faisant pendants.

Très belles épreuves. Grandes marges.

CHARDIN (d'après J. B. S.)

33. — La Blanchisseuse. Gravé par C. N. Cochin (E. B. 6). Petit in-fol.

Très belle épreuve. Petites marges. Encadrée.

34. — La Fontaine. Gravé par C. N. Cochin (E. B. 21). Petit in-fol.

Très belle épreuve avant l'adresse de Basan. Petites marges. Encadrée.

35. — Le Pardon. Gravé par P. Dupin, 1743 (E. B. 7 B des pièces attribuées). In-fol.

Très belle épreuve du 1er état, avant l'adresse de Deschamps. Marges.

CHOFFARD (P. P.)

36. — Diplôme des Francs-Maçons de Bordeaux, d'après Boucher. — Cadre Louis XVI à fronton richement orné. Deux pièces in-fol.

Très belles épreuves avant la lettre. La seconde a une grande marges.

COCHIN, le fils (C. N.)

37. — Le Tailleur pour femme. In-4.

Très belle épreuve. Petites marges.

COSWAY (d'après R.)

38. — Izabella Czartoryska. Gravé par G. Testolini, 1791. In-4.

Très belle épreuve tirée en bistre. Marges.

DEBUCOURT (P. L.)

39. — Le Menuet de la Mariée (M. F. 8.)

Très belle épreuve imprimée en couleurs. Elle est rognée au trait carré et très habilement remargée à chassis.

Cadre ancien en bois sculpté et doré, du temps de Louis XVI.

40. — Les Visites. Publié le 1ᵉʳ jour du XIXᵉ siècle (M. F. 65.)

Très belle épreuve. Marges. Encadrée.

41. — L'Orange, ou le moderne Jugement de Pâris (M. F. 66.)

Très belle épreuve. Marges. Encadrée.

DEMARTEAU (Gilles)

42. — Jeune Fille, la tête appuyée sur la main, de trois quarts à gauche (De L. 8). — Femme nue assise. Deux pièces d'après Boucher.

Très belles épreuves à la sanguine. La seconde est sans marges.

43. — Petit Ménage. D'après F. Boucher (50) In-4.
Très belle épreuve à la sanguine. Toutes marges.

44. — La Jardinière. D'après F. Boucher (54) In-fol.
Très belle épreuve à la sanguine. Grandes marges. Mouillure.

45. — Jeune femme de profil, tenant un enfant dans ses bras. D'après F. Boucher (55). In-fol. Pendant de l'estampe précédente.
Très belle épreuve à la sanguine. Jaunie. Marges.

46. — Le Sommeil. D'après F. Boucher (82). In-4°.
Très fraîche épreuve à la sanguine, très forte de ton. Marges.

47. — Tête de femme renversée en arrière à droite, les yeux au ciel, l'épaule gauche relevée. D'après F. Boucher (149). In-4°.
Très belle épreuve aux crayons de couleurs. Petites marges.

48. — La même estampe. (149).
Très belle épreuve aux crayons de couleurs. Encadrée.

49. — Tête de vieille femme, enveloppée d'un voile, penchée de face. D'après Boucher (150.) In-4°.
Belle épreuve aux crayons de couleurs. Sans marges. Encadrée.

50. — Tête de femme, de face, renversée en arrière, les yeux levés, boucles de cheveux. D'après Boucher. (152.) Petit-in-fol.
Très belle épreuve aux crayons de couleurs. Sans marges.

51. — Tête de femme, les yeux au ciel, de profil à droite,
perles dans les cheveux. D'après F. Boucher (155).
In-4°.

Très belle épreuve aux crayons de couleurs. Encadrée.

52. — Vénus endormie au milieu de draperies, les jambes
en avant en raccourci. D'après F. Boucher (161).
In-fol. en largeur.

Très belle épreuve à la sanguine. Grandes marges.

53. — Jeune mère, assise dans un paysage, regardant son
enfant qui dort la tête appuyée contre son bras
droit. D'après F. Boucher (229). In-fol.

Très belle épreuve à la sanguine. Marges.

54. — Femme enceinte (Portrait de Mme *Geoffrin*.) D'a-
près C. N. Cochin, 1746. (234). In-4.
Très belle épreuve à la sanguine. Toutes marges. Très rare.

55. — Les Grâces et l'Amour. D'après F. Boucher (347).
In-4 en largeur.

Très belle épreuve aux crayons de couleurs. Encadrée.

56. — Tête d'homme dirigée à gauche. D'après Boucher
(579). In-4.

Très belle épreuve aux crayons de couleurs, jolie de ton.
Petites marges.

57. — Vénus, en pied, tenant la pomme. D'après Boizeau.
(666). In-4. Ovale.

Très belle épreuve tirée en noir sur fond imprimé bleu.
Grandes marges. Pièce non citée.

58. — Femme couchée et endormie, sur une draperie, la poitrine et les jambes nues. D'après E. Boucher. (87). Petit in-fol. en largeur.

Très belle épreuve à la sanguine.

59. — La Source (209). — Les Savoyards (291). — Paysan étendu à terre (293). — Vénus couchée et amours. — Le même sujet en réduction. Cinq pièces.

Belles épreuves à la sanguine.

60. — La Bohémienne (43). — Jeune paysan (76). — Jeune paysan tenant des oiseaux (165). — Jeune pêcheur à la ligne (182). — Homme accoudé sur une pierre (202). — Berger (243). — Etc. Neuf pièces.

Belles épreuves à la sanguine.

61. — Le petit Jardinier (143). En noir. — Une Prêtresse (157). — La Source (209). — Figure d'homme (375). Aux crayons de couleurs. — Le Petit Maraudeur. Cinq pièces.

Très belles épreuves. Trois sont à la sanguine.

62. — Cour de ferme (11). — Jeune fille vue de dos (92). — Grande tête de Vieillard (272). Aux crayons de couleurs. — Tête d'après Raphaël (341). — Etc. Huit pièces.

Belles épreuves à la sanguine.

DENNEL

63. — Les Appas multipliés. D'après Challe. In-fol.

Très belle épreuve avant toutes lettres, signée par les artistes. Marges.

64. — La Pantoufle. D'après Nerbé. In-fol.

Très belle épreuve avant toutes lettres. Marges.

DENY (à Paris chez)

65. — Le Verrou, ou la Sûreté des Amants. — Les Regrets inutiles. Deux pièces in-4 ovales, faisant pendants.

Très belles épreuves dans le coloris original. Marges.

DESRAIS (d'après Cl. L.)

66. — Le Coiffeur. — La Femme de chambre. Deux pièces in-4, faisant pendants, sans noms d'artistes.

Très belles épreuves imprimées en bistre. Grandes marges. Rares.

67. — L'Ecosseuse de Pois. — Le Jardinier galant. Deux pièces in-4, faisant pendants, sans noms d'artistes.

Très belles épreuves imprimées en bistre. Grandes marges. Rares.

DUCLOS (A. J.)

68. — La Reine (Marie-Antoinette) annonçant à Mme de Bellegarde des Juges et la liberté de son mari : en mai 1777. Gravé en 1779 par Duclos, d'après Desfossés. In-fol. en largeur.

Très belle épreuve. Marges. Jolie pièce à costumes.

DUMÉNIL (d'après)

69. — Les Sens, représentés par des scènes où les person-
nages sont tirés du peuple de Paris, à la fin du
règne de Louis XV. Suite complète de cinq pièces
gravées par Le Vasseur, de Lorraine et Tilliard.
In-fol.

Très belles épreuves à toutes marges non ébarbées.

ÉCOLE FRANÇAISE DU XVIIIᵉ SIÈCLE

70. — Jeune prêtresse, à l'autel de l'Amour. — Vénus. —
Etudes d'Amours. — Etc. Sept pièces par Eisen,
Roubillac, Janinet, **Ryland**.

Belles épreuves, toutes à la sanguine.

71. — Thaïs ou la belle pénitente. — Le Printemps. —
Adrienne Le Couvreur. — Geneviève de Brabant.
Quatre pièces, par ou d'après Greuze, Tresca,
Drevet.

Bonnes épreuves.

EISEN (d'après Ch.)

72. — La Vertu sous la garde de la Fidélité. Gravé par
P. A. Le Beau, 1772. In-fol.
Très belle épreuve. Marges. Cadre ancien en baguette dorée.

FRAGONARD (d'après H.)

73. — L'Amour en sentinelle. Gravé par Miger (B. de L.
36). In-fol.
Très belle épreuve. Grandes marges.

74. — Fant-Fant. Gravé par Delaneau. A Paris, chez Mme Breton. Jolie petite pièce ovale in-8.

Très belle épreuve imprimée en couleurs. Marges. Encadrée.

GAINSBOROUGH (d'après Th.)

75. — His Royal Highness *George Prince of Wales*. Gravé à la manière noire, par J. R. Smith, 1783. Grand in-fol. en pied.

Très belle épreuve avec l'adresse du graveur. Marges.

76. — John Duke of *Argyll*. Gravé à la manière noire, par J. Watson, 1769. In-fol. en pied.

Très belle épreuve avec toute sa marge.

GÉRARD (d'après F.)

77. — *Napoléon le Grand*. En pied, près du Trône, en grand costume de Sacre. Gravé par Boucher Desnoyers. In-fol.

Très belle épreuve tendue sur carton. Marges.

GRATELOUP (J.-B.)

78. — Adrienne *Lecouvreur*. D'après Coypel (6). In-8.

Très belle épreuve du 1er état, avant toutes lettres, sur chine collé. Marges.

GREUZE (d'après J.-B.)

79. — Portrait de *Madame Greuze*, par L. Bonnet. — Tête de femme âgée, avec bonnet, par Hayard. Deux pièces in-fol.

Très belles épreuves à la sanguine. Marges.

HAMILTON (d'après W.)

80. — The antient English Wake (Allégorie sur l'histoire de l'Angleterre). Au fond, danse autour d'un mai. Gravé par J. Chapman, 1794.

Très belle épreuve imprimée en couleurs. Marges. Encadrée.

HUET (d'après J.-B.)

81. — L'Accord maternel. — Les Soins maternels. Deux pièces faisant pendants, gravées par L. M. Bonnet. In-fol.

Très belles épreuves imprimées en couleurs. Belles marges. Encadrées.

ISABEY (d'après J.-B.)

82. — *Napoléon Bonaparte*, 1ᵉʳ Consul, dans les jardins de la Malmaison. Gravé par Lingée et terminé par Godefroy. Grand in-fol.

Très belle épreuve avant la lettre. Grandes marges.

83. — Portrait de Madame *Dugazon*. Gravé par Monsaldy. Petit in-4 ovale.

Très belle épreuve avant la lettre. Grandes marges.

JANINET (Fr.)

84. — Les Comédiens comiques. — Le Rendez-vous comique. Deux jolies pièces faisant pendants, d'après Watteau. Petit in-4.

Très belles épreuves imprimées en couleurs. Grandes marges. *Belle conservation.*

85. — Le Berger couronné. — La Bergère couronnée.
Deux pièces faisant pendants, d'après Caresme.
In-4 en largeur.

Très belles épreuves imprimées en couleurs. Grandes marges.
Collection Ligaud.

86. — La Confiance enfantine. Gravé en 1775 d'après S.
Freudeberg. In-fol.

Très belle épreuve imprimée en couleurs. Bonnes marges.

87. — Aux Mânes de J.-J. Rousseau (*Rousseau* secourant une vieille femme). In-4. Sans noms d'artistes.

Très belle épreuve imprimée en couleurs. Grandes marges.

88. — *Mlle Guimard*, dans le Ballet du Navigateur. —
Mlle Contat, rôle de Suzanne. D'après Dutertre.
Deux pièces in-4.

Belles épreuves imprimées en couleurs. Déchirure à la seconde.
Marges.

JOLLAIN (d'après)

89. — Le Bain. — La Toilette. Deux pièces faisant pendants, gravées par L. Bonnet. In-4.

Très belles épreuves imprimées en couleurs. *Découvertes.*
Marges.

JUBIER

90. — Le Berger dangereux. — L'Heureux Berger. Deux
pièces faisant pendants, d'après Barbier. *A Paris,
chez Bonnet.* Petit in-4.

Superbes épreuves imprimées en couleurs. Grandes marges.

91. — Etudes des trois Grâces de Carle Vanloo. *A Paris,
chez Bonnet*. Suite de trois pièces petit in-fol.

Très belles épreuves aux crayons de couleurs. Petites marges.

LA JOUE (d'après J. de)

92. — L'Astronomie. — La Botanique. — L'Histoire. —
L'Optique. — La Sculpture. — La Pharmacie.
Suite de six grands et riches dessus de portes,
gravés par C. N. Cochin. In-fol. en largeur.

Très belles épreuves à grandes marges égales.

LAVREINCE (d'après N.)

93. — L'Accident imprévu. — La Sentinelle en défaut.
Deux pièces faisant pendants, sans nom de graveur, mais probablement publiées chez Le Cœur
ou Mixelle. In-fol.

Très belles épreuves imprimées en bistre et en couleurs. Grandes marges.

94. — Le Lever des Ouvrières en modes. Gravé par Deque-
vauviller (E. B. 36). In-fol. en largeur.

Très belle épreuve avec le titre seul, sans autre lettre. Marges.

95. — Nina. Gravé par Collinet (E. B. 41). In-4.

Belle épreuve imprimée en bistre. Encadrée.

LAWRENCE (d'après Sir Thomas)

96. — Master *Lambton*. Gravé à la manière noire par
Samuel Cousins. 1827. In-fol.

Très belle épreuve du 3ᵉ Etat. Grandes marges. Encadrée.

LE CARPENTIER (C.)

97. — Portrait de *Honoré Fragonard,* dans un encadrement de feuillages. In-8.

Belle épreuve. Petites marges.

LE CŒUR (à Paris chez)

98. — Amour et Espérance. Sujet ovale sans noms d'artistes. Grand in-4.

Très belle épreuve imprimée en couleurs. Marges.

LE PRINCE (d'après J.-B.)

99. — L'Enfant chéri. Gravé par de Launay. In-fol. en largeur.

Très belle épreuve avec toute sa marge.

LE ROUGE (J. N.)

100. — L'Amour fouetté de roses. Ovale dans un encadrement orné de fleurs. D'après Lagrenée. In-fol.

Très belle épreuve à l'état d'eau-forte, le haut de la planche presque entièrement terminé. Grandes marges.

LÉVILLY

101. — A Widow. Une Veuve. D'après J. R. Smith. Petit in-fol.

Très belle épreuve imprimée en couleurs. Encadrée.

LINGÉE (Mme)

102. — Portrait de *Madame Duval,* de profil à droite. In-4. Ovale dans un encadrement avec tablette.

Très belle épreuve aux crayons de couleurs.

MARIE-ANTOINETTE ET LOUIS XVI

(Estampes relatives à)

BENOIST et GIRARD

103. — Adieux de Louis XVI (R. G. 32). — Marie-Antoinette conduite à l'échafaud (162). Deux pièces faisant pendants. In-4 ovales en largeur.

Belles épreuves avant la lettre. Marges.

CAZENAVE

104. — Marie-Antoinette. — Louis XVI (78). Deux bustes forts comme nature, d'après Le Barbier. In-fol. ovales.

Belles épreuves à la manière du crayon. Remargées.

DESSIN

105. — Apothéose de Marie-Antoinette, reine de France. Petit in-fol. sans nom d'artiste.

Crayon noir, avec rehauts de blanc, sur papier bleu.

DUPIN

106. — Marie-Antoinette, d'après Vanloo (128). — La
même estampe, complètement changée (129). Deux
pièces in-fol.

Belles épreuves. Toutes marges.
*Bien que portant le nom de Dupin, ces pièces sont réellement gravées
par Duponchel.*

107. — Marie-Antoinette. Dans un cadre orné (130). In-8.

Très belle épreuve avant le nom du graveur sous le trait carré.
Petites marges.

ESNAUT et RAPILLY

108. — Marie-Antoinette. Anonyme. — Louis XVI. Par
Hubert. — Marie-Antoinette. Par Le Beau (215).
Trois pièces in-8.

Belles épreuves. Marges.

LE GRAND

109. — Les Inutiles regrets. Allégorie avec tombeau et
effigie de Louis XVI. D'après Brion. — Alma-
nach pour 30 ans. Par Leguin (230). Deux pièces
in-fol.

Belles épreuves. La seconde manque de conservation.

LE MIRE

110. — A la Reine. Allégorie avec portrait de Marie-
Antoinette. D'après Moreau le Jeune (223). In-4.

Très belle épreuve. Petites marges.

MARCHAND

111. — Ces fleurs réalisent nos espérances. Bouquet de fleurs dans lequel on voit les profils de la Famille royale. Petit in-fol.

Pièce rare faisant pendant à une autre du même artiste, intitulée. *Ces fleurs nous retracent nos pertes.* Très belle épreuve.

MIGER

112. — Marie-Antoinette. D'après Boze (267). In-fol.

Très belle épreuve avant les mots : *Reducibus liliis*, sur le socle. Marges. Piqûres d'humidité.

MURPHY

113. — Marie-Antoinette dans sa prison, représentée en veuve. D'après la M^{ise} de Bréhan (280). In-fol. à la manière noire.

Très belle épreuve avant la lettre. Marges.

NÉE et MASQUELIER

114. — Les Garants de la Félicité publique. D'après St-Quentin (286). In-fol.

Très belle épreuve avant la lettre, les noms des artistes à la pointe. Petites marges.

ROUSSEAU

115. — Eugénie ou la Noblesse. Allégorie avec portraits de Marie-Antoinette et de Marie-Thérèse. D'après C. N. Cochin (326). In-4.

Deux très belles épreuves, dont une avant toutes lettres. Grandes marges.

DIVERS

116. — Marie-Antoinette secourant des malheureux. D'après Moreau le Jeune, par Duclos. — Louis XVI en pied, en costume du Sacre. — Louis XVI en buste, ovale anonyme. — Louis XVII en buste, couronne, ovale avant la lettre. Quatre pièces.

Belles épreuves avec marges.

MOREAU LE JEUNE (J. M.)

117. — Titre pour *Les à-propos de la Folie* (M. 27). In-8.

Très belle épreuve. Encadrée.

MORGHEN (Raphaël)

118. — Loth et ses filles. D'après Le Guerchin. In-fol. en largeur.

Belle épreuve. Marges.

NATTIER (d'après J. M.)

119. — La Force. Portrait de la duchesse de *Châteauroux*. Gravé par Balechou. In-fol. en largeur.

Très belle épreuve. Petites marges.

NORTHCOTE (d'après J.)

120. — Petite Laitière anglaise. Gravé par Gaugain. In-fol. ovale.

Très belle épreuve. Rognée à l'encadrement.

121. — Le Pouls. Sujet tiré de Sterne : *Voyage senti-mental*. Gravé par Parker. In-4 de forme ronde.

Très belle épreuve imprimée en couleurs.

PETIT

122. — Le Matin (*Mme de Prie*). — Le Midi (*Mlle Davesne*). — L'Après-dîné (*Mlle Sallé*). — Le Soir (*Mlle Gui-mard*). Suite de quatre pièces, d'après F. Boucher et Fenouil. In-fol.

Très belles épreuves. Petites marges. Encadrées.

123. — Didon, d'après Natoire. — Tête de femme de face, d'après Le Boutheux. — Tête de femme de profil, d'après Clermont. Trois pièces petit in-fol.

Très belles épreuves à la sanguine. Marges.

PIERRE (d'après)

124. — Vénus et l'Amour. Gravé par Lévêque, 1770. In-fol. en largeur.

Belle épreuve. Marge. Restaurations.

QUEVERDO (d'après)

125. — Le Sommeil interrompu. Gravé par Dambrun. Petit in-fol. en largeur.

Très belle épreuve avant la dédicace. Sans marges. Encadrée.

RAFFET

126. — La Revue nocturne (G. 429). Lithographie petit in-fol. en largeur.

Très belle épreuve sur chine court. Petites marges.

REYNOLDS (d'après Sir J.)

127. — Félina. —Muscipula. Deux pièces faisant pendants, gravées par J. Collyer. Grand in-4.

Très belles épreuves imprimées en couleurs. Petites marges. Encadrées.

128. — Georgiana Countess *Spencer*, and her Daughter the Honble Miss *Gorgiana Spencer*. Gravé à la manière noire par B. Corbutt.

Très belle épreuve. Marges. Encadrée.

129. — Jane Countess of *Harrington* et ses deux enfants : Lord Viscount *Petersham* and the Honble *Lincoln Stanhope*. Gravé par Fr. Bartolozzi, 1789 In-fol.

Superbe épreuve avant la lettre. Marges. Rare.

130. — Lady *Smyth* and Children. Gravé par Fr. Bartolozzi, 1789. In-fol.

Très belle épreuve légèrement bistrée. Marges.
Cette estampe fait pendant à la précédente.

131. — Angels'Heads. Etude d'après le portrait de Lady *Isabella Ker Gordon*. Gravé par W. Ward, à la manière noire. In-4.

Très belle épreuve. Grandes marges. Encadrée.

132. — Je l'attraperai. — Je l'apprivoiserai. Deux sujets d'enfants faisant pendants, gravés par Bartolotti. In-fol.

Belles épreuves. Marges. Encadrées.

SAINT-AUBIN (Aug. de)

133. — Comptez sur mes Serments (E. B. 407). In-fol.

Très belle épreuve du 3e état, sur 5, avant l'adresse de Berthet qui remplaça plus tard celle de l'auteur. Marges.

SAINT-AUBIN (d'après Aug. de)

134. — La Promenade des Remparts de Paris. Gravé par P. F. Courtois (E. B. 382). In-fol. en largeur.

Très belle épreuve. Marges.

SHERWIN (d'après J. K.)

135. — Le Village abandonné. Gravé par Chaponnier. In-fol. en largeur.

Très belle épreuve imprimée en couleurs. Petites marges. Cadre ancien en baguette dorée.

SMITH (J. R.)

136. — A Visit to the Grandmother. D'après Northcote. A la manière noire. In-fol.

Très belle épreuve. Petites marges. Cadre doré ancien.

STOTHARD (d'après Th.)

137. — The Children in the Wood. Gravé par Delanau. In-fol. de forme ronde.

Très belle épreuve à la sanguine. Toutes marges. Raccommodages en marges.

TAUNAY (d'après)

138. — La Foire de Village. Gravé par Descourtis. In-fol.

Très belle épreuve imprimée en couleurs. Elle est rognée au trait carré et très habilement remargée sur chassis.

Cadre ancien en bois sculpté et doré du temps de Louis XVI.

WATSON (Th.)

139. — Lieutenant-Colonel *Biddulph*, of the 3rd Regiment.
Gravé à la manière noire, d'après A. Poggi.

Très belle épreuve. Toutes marges.

WATTEAU (d'après A.)

140. — La Proposition embarrassante. Gravé par M. Keyl.
In-fol. en largeur.

Très belle épreuve. Petites marges.

141. — La Danse champestre. Gravé par P. Dupin. In-fol.
en largeur.

Belle épreuve. Doublée.

142. — Escorte d'Equipages. Gravé par C. du Bosc. In-fol.
en largeur.

Très belle épreuve. Petites marges.

WESTALL (d'après R.)

143. — A Boy angling. — A Boy mending his net. — A
Girl gathering mushrooms. — The little Domestic.
Suite de quatre pièces gravées par Bartolotti. In-
fol. en largeur.

Très belles épreuves imprimées en couleurs. Marges. Encadrées.

WHEATLEY (d'après F.)

144. — The Fair. — The Show. Deux pièces ovales faisant
pendants, gravées par Bartolotti. In-4.

Belles épreuves. Encadrées.

WICKSTEAD (d'après J.)

145. — Mis-chance. Ovale sans nom de graveur, 1787.
In-4.

Belle épreuve. Marges.

Grande Imprimerie du Centre. — Herbin, Montluçon.